걸음 수

김소현

이것은 걷기를 권장하는 이야기다.

시작하는 말

나는 늘 긴장하고, 몸에 힘을 주고 있다. 몸이 아프다는 말을 달고 산다. 오늘도 힘 빼기 연습을 한다. 오랜 시간 앉아 일하며 제 자리를 잃은 몸을 이제서야 제자리로 돌려보려 애쓰고 있다. 어깨의 통증이 심해져 정형외과를 찾았다. 치료받고 바른 자세로 걷는 방법을 배웠다. 어깨에 힘을 빼고 턱을 당기고 시선은 정면을 바라보며 갈비뼈를 닫고, 복부에 힘을 주고 발뒤꿈치부터 지면에 닿게. 그렇게 5천 보가 1만 보가 되고, 2만 보가 된다. 2만 보 이상 걸어도 더 이상 누군가에게 쫓기는 꿈을 꾸지 않는다. 오늘도 지도 앱을 펼치고 가고 싶은 곳으로 향해 걷는다.

목차

20065,

내 몸은 나의 것일까에 대해 의구심이 들 때가 있
다. 아이스크림 하나에 300칼로리, 5천 보를 걸으면
300칼로리 정도가 소모된다고 했다. 아이스크림을
먹어버린 새벽 2시, 5천 보를 걸으러 공원으로 간다.
사람들이 부지런히 걷고 있다. 건강을 바라는 발걸음
은 모두 씩씩하다.

동생이 말한다.
"안 먹고, 안 걷겠다."

내가 생각한다.
'먹고, 걷겠다.'

17938.

우울한 생각에서 벗어나기 위해 체력을 기르기로 다짐했다. 잠을 이기지 못해 화가 나고, 누워서 머리만 굴리는 나에게 화가 나서. 달리기를 싫어하고, 걷기는 좋아한다. 내 몸이 내 말을 듣지 않다가 이제야 조금씩 들어준다. 달릴 때는 여전히 들어주지 않는다. 숨이 차오르고 입안에 철봉 맛이 도는 감각이 싫다. 내 몸이 내 말을 들어줄 때의 기쁨. 수영을 시작하고, 걷는 날이 늘면서 그런 순간이 가끔 찾아온다. 내 말에 귀 기울이며 몸은 서서히 변화를 시도한다.

13272.

멀지 않다는(하지만 시간은 항상 공유한다) 나의 말에 속아 언덕을 오르고 내리며 나를 재촉한다. 언제까지 걸어야 하냐고. 시간이 흐르고 나는 변명한다. 지도를 따라갔을 뿐이라고. 걷기 전에 공유한 시간과 함께.

23273.

친구는 각오하고 나온다. 나를 만나기 때문에. 날씨가 더워서 택시를 타자고 조른다. 나는 걷고 싶다. 그는 원하지 않는다. 나를 장수 할머니가 될 상으로 본다.

마음에 들지 않는 문장, 불필요한 단어, 생략.

"그래도 안 하는 것 보다는 훨씬 나으니까 걷기 라도 열심히 하자!"

하는 것
걷기
열심히 하자

17609.

수영 선생님은 1년 동안 하루 4만 보를 걸은 덕분에 디스크가 완치되었고 15킬로가 빠졌다고 했다. 4만 보를 걸으려면 대략 5시간을 걸어야 한다. 엄청난 노력과 성과다. 걷기는 노력의 결과가 정직하다. 타고난 재능이 필요하지 않다. 그래서 좋아한다. 평형 발차기 연습을 하는데 내 엉덩이가 자꾸 뜨자 그가 고관절은 가만히 두고 무릎만 접었다 펴라고 말한다. 내 몸은 내 말을 들어주지 않는다. 유튜브 재생 목록에 평형 잘하는 방법이 늘어간다. 머리는 알아도 몸은 아직 모른다.

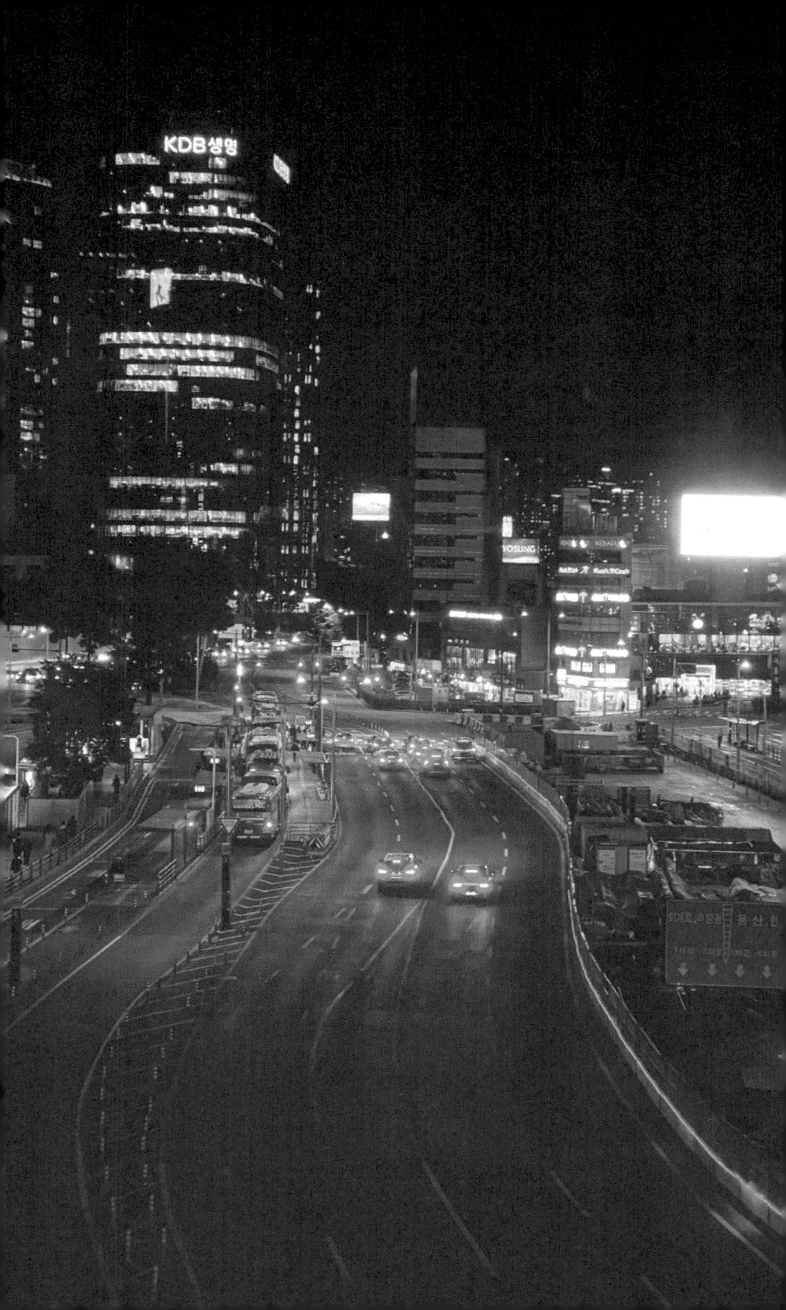
KDB생명

28755,

목적지를 설정하고 지도 따라 걷다 보면 낯설고 재 밌는 그리고 외로운 서울을 목격한다. 철거 예정, 무 수한 고층 빌딩 사이에 따라가지 못한 미운 오리 새 끼 한 마리가 외롭게 남아있다. 혼자 걸을 때 속도 는 중요하지 않다. 그곳에 도착하기만 하면 된다. 따 라가지 못한 오리를 두고 가지 않으니까. 얼마나 다 행인가.

시간이 얼마나 걸리는가 하는 것보다는 끝까지 해내는 것이 더 중요하다는 게 나의 신조이다.

-히로나카 헤이스케, 『학문의 즐거움』

24350,

분명히 같은 무게인데 걷다 보면 중력의 영향을 덜
받기라도 하는 듯 가벼워진다. 어깨에 잔뜩 들어간
힘이 빠지고, 잘 자고 잘 일어난다. 이 간단한 것을
걷기 전에는 몰랐다.

16782,

계절을 알리는 은행 냄새, 고약한 냄새, 처갓집양념 치킨, 어렸을 때 스머프 통닭집에 '가가멜인데요. 스머프 두 마리만 배달해 주세요'라는 바보스러운 장난 전화가 유행했다. 서울에서 나고 자란 사람에게 이 이야기를 했더니 스머프 통닭이 어딨느냐고 웃었다. 울산에만 있었던 걸까? 정성껏 수집한 돌멩이, 예쁘게 나열된 전자 담배, 거대한 교회들, 쓸 일 없는 공중전화, 복권 가게, 바른 자세, 호주머니 속 스마트폰, 스마트폰 사용하지 않는 짧은 시간.

11602.

몸에게 조금씩 말을 걸어본다. 가장 불편하고 아픈 어깨에게는 힘을 좀 빼 보라고. 힘없이 살아왔던 배에게는 힘 좀 내 보라고. 소곤소곤 대며 나와 가지는 걷는 시간은 나의 의지고 나의 선택이다. 그렇게 걸어 내고 나면 오늘도 잘 살아냈구나 싶어 안도한다.

22503.

도서관을 향해 걸으면 지식이 쌓이는 착각에 빠진다. 지적인 나를 뽐내며 5층까지 계단으로 올라간다. 건강한 몸에 건강한 정신이 깃든다. 맥주 두 잔에 몸이 차가워졌다. 환승할 역을 지나쳤다. 그냥 내려서 걷기로 한다. 차갑던 바람이 시원하다. 터널이 나타났다. 길고 긴 터널을 걷는다. 끝을 알 수 없어 두렵지만 때때로 나타나는 차도를 향한 비상구를 의지하며 끝나지 않을 것 같은 그 길을 걷는다. 끝나지 않을 것 같던 그 길도 지나면 새로운 길이 나온다.

20609,

지나는 길에 좋아하는 빵집이 보인다. 빵을 사 들고
걷는다. 이내 목이 마르다. 챙겨 나온 텀블러에 아메
리카노를 주문한다. 냄새에 끌려 붕어빵을 사 먹기
도 하고 낯선 풍경을 사진으로 담다 보면 예상 시간
보다 늦어진다. 그래도 상관없다. 나와 한 약속은 내
가 다시 수정하면 되니까. 오래된 건물과 낡은 빈 건
물들이 혼재된 길, 집에서 시립미술관을 걸어가는 길
목에 위치한 가고 싶었던 카페로 들어간다. 카페 콘
판나를 주문한다. 잘 섞어 세 번에 나눠 마시라는 설
명을 듣고 그렇게 한다. 달콤한 크림에 시큼한 에스
프레소가 섞여 부드럽게 넘어간다. 금세 잔이 비었
다. 카페소아베, 낯선 이름에 끌려 주문한다. 작은 잔
위에 하트가 떠 있다. 첫입은 핫초코를 닮았다. 다음
은 단맛이 살짝 느껴지는 진한 라테, 밑에 설탕이 깔
려있어 잘 저어 마시니 이번엔 달콤한 라테다. 이 작
은 잔 속에 다양한 맛이 담겨있다. 커피는 꽤 삶과 닮
았다. 한 잔을 더 마시고 다시 걷는다. 퇴근하는 사람
들로 길이 북적거린다. 분주한 발걸음들 사이에 조금
느린 발걸음 하나, 속도를 내지 않는다.

46

22139,

손에 든 걸음 수를 채워 두 달에 한 번 마시는 공짜
커피. 나무에 직접 뜨개질한 니트를 입혀주는 사람,
다정한 풍경. 혹독한 겨울을 함께 버텨내자고 손뼉을
마주친다. 커다란 병원, 불 켜진 병실, 삶과 죽음. 살
아가려고 살려내려고 애쓰는 사람들. 낯선 길을 걸으
며 마주하는 감정과 감각을 통해 나를 알아간다. 그
렇게 지켜내는 각자의 자리, 각각의 사정. 가보지 못
한 길에 존재하는 것들, 보이지 않아도 그곳에 있다.
북적거리는 순대국밥집, 가지 못할 맛집. 자전거에
서 내려서 횡단보도를 건너는 사람, 어쩌면 당연한
규칙이지만 드문 광경이라 감동한다. 만국기, 걸어보
지 못한 나라를 걷는 상상을 한다. 모르는 공기 냄새
를 맡으며.

23692.

걷다 보면 마주하는 "예수 믿고 천국 갑시다" 죽음
이 가져오는 천국 따위. 모가 난 마음이 뾰족하게 반
응한다. 당신의 마음이 그로 인해 평온해진다면 그
건 그거대로 의미가 있을 테지만, 나는 천국으로 위
안 받지 못한다. 그렇다면 나는 무엇으로 위안을 받
을까. 재개발 사업 예정지, 재개발(再開發), 이미 있는
것을 더 낫게 하기 위하여 다시 개발함. 누가 나도 재
개발 좀 해줬으면. 누가 그랬더라. 내 작업은 책이랑
잘 맞는다고. 복잡한 길 위의 지하철 출구 번호는 이
정표 같다. 미래의 서울에는 5층 이하 건물은 다 사
라지고 없을까? 파란색 조끼를 입은 아이가 할머니
앞에서 춤을 춘다. 손주가 마냥 귀여운 할머니는 나
와 눈이 마주치자 우리 손주 귀엽죠 하는 눈빛으로
웃어 보인다. 웃음으로 답하고 다시 걷는다. 이 글이
누군가에게 닿아서 걷고 싶어졌을까?

24052.

10분, 늘 10분이 아쉽다. 그 10분을 일찍 나오는 것이 어려워 오늘도 종종걸음을 걷는다. 보폭이 좁아 시간에 쫓길 때면 내 걸음은 늘 바쁘다. 바쁘게 걷다 보면 떠오르는 사람이 있다. 그와 나란히 걸을 때난 내 걸음이 느리다는 것을 잊는다. 다른 사람과 걸으며 허겁지겁 따라가기 바쁜 나를 마주하곤 그제야 그 사람의 다정함을 안다. 다정하지 않은 시간과 함께 걸으며 발걸음이 급하다. 나에게 맞춰 걸어주지 않는다.

21517,

처음 걸어 보는 길. 모르는 길을 지날 때의 호기심,
설렘 혹은 두려움. 세탁소 냄새. 야채 가게 냄새. 과
일 가게에 걸려있는 두리안. 무인 아이스크림 가게.
오래된 평양 냉면집. 떠오르는 친구가 있어 메시지
를 보내본다. 참기름, 들기름 짜는 집에서 나는 고소
한 냄새를 지나 데워진 몸을 식히러 커피를 마시러
간다. 손끝이 차가워져 떨리는 몸을 데우기 위해 다
시 걷는다. 변덕스러운 몸과 함께 환절기를 실감한
다. 이 시기가 되면 달콤한 것들이 당긴다. 결국 초코
스프레드를 잔뜩 바른 식빵과 아이스크림을 먹고 다
시 걸으러 나간다.

12454,

저녁이 되어서야 밖으로 나왔다. 찬바람에 깜짝 놀라 몸을 움츠린다. 아, 겨울이구나. 다시 집으로 들어갈까? 망설이다 몸을 데우기 위해 뛰기로 마음먹었다. 손끝은 시린데 몸이 뜨겁게 달아올랐다. 걸을 수 있을 것 같아 속도를 늦춘다. 절대 뛰는 게 힘들어서는 아니다.

24536.

오늘도 몸에게 말을 건다. 조금 가까워진 줄 알았던
몸에게. 친해지려면 아직 멀었다.

16627.

전시를 보러 간다. 아주 천천히 걷는다. 90세의 작가 인터뷰를 본다. 선택과 삭제, 그는 자신이 찍은 사진들에 대해 그렇게 말했다. 누군가가 되고 싶은 것이 아니라 스스로가 누구인지에 대한 정체성을 강조한다. 우리는 그의 인터뷰에 반한다. 지식을 과시하기 위한 말하기를 수도 없이 들었다. 그는 달랐다. 오랜 세월을 살아냄으로 그의 내면에 자연스럽게 자리 잡은 관록, 그런 그가 멋있다. 날씨가 좋아 실내를 걷는 것이 아까워 호숫가를 걷기로 한다. 걸으며 우리도 남은 50년을 잘 가꾸고 살아내 멋있는 할머니가 되자고 다짐한다. 걷다 보니 해가 지고 손끝이 시리다. 겨울이 찾아와 걷는 것을 멈출까 두렵다. 쌓아온 시간이 추위에 얼어버리면 어쩌나. 그렇게 다시 몸과 멀어질까 봐 초조해진다. 그럴 땐 또 달려야겠다. 데워진 몸으로 다시 걸을 수 있게.

19723,

수영 가는 날이다. 눈을 뜨고 잠시 망설인다. 수영장을 걸어가면서 떠올린다. 처음의 즐거움이 아닌 고됨을. 숨이 차오르고 팔과 다리가 아파져 오는. 재밌던 수영은 힘든 운동이 되고 만다. 왜 부정적인 감각은 먼저 떠오르는 걸까? 여전히 수영은 재밌다. 가기 전까지가 이 부정적인 감각에 지배되어 망설임이 생긴다. 이런 순간을 자주 맞닥뜨린다. 새로운 그림을 시작하기 전, 걸으러 나오기 전, 막상 하고 나면 아무것도 아닌 일들이 시작하기 전 버겁게 느껴진다.

10054.

걷기와 글쓰기는 닮은 구석이 있다. 목표를 낮게 설정하고 꾸준히 한 걸음이라도, 한 줄 이라도. 일단 걷고, 일단 쓰고 본다. 그 꾸준함이 나에게 스며든다.

13522,

비가 온 다음 날, 가을이 흩어지고 있다. 소복한 낙엽 위를 걸을 때의 폭신함. 노란 길 위를 걷는 노란 기분. 뒤따라오는 걱정. 이 길은 누가 치울까? 벚꽃이 떨어진 날도, 눈이 쌓인 날도 걱정이 앞선다. 낭만 뒤에 찾아오는 귀찮음. 그래서 잘려 나간 작업실 테라스 앞 커다란 나무. 나무를 타고 찾아온 고양이는 더 이상 나무를 타고 내려가지 못한다. 테라스 아래를 하염없이 바라볼 뿐이다. 약속 시간이 다 되어 뛰기 시작했다. 숨이 느리게 차오른다. 수영을 꾸준히 한 보람이 있다. 마라톤처럼 긴 호흡으로 그린 그림 이야기를 들으며 차이를 마셨다. 그리고 또 걷는다. 버려진 오래된 가구를 가만히 바라본다. 어린 시절 비밀 서랍이 있던 장롱이 생각났다. 좀도둑이 열어보지 못한 그 서랍 속엔 엄마의 소중한 것들이 들어있었다. 지금 그것들은 어디에 보관되어 있을까? 여전히 엄마에게 소중한 것들일까.

13374.

체력이 느는 속도와 노화의 속도 중 무엇이 빠를까?
수영을 시작하고 더 오래 걷게 되었는데 갑자기 몰려
오는 피곤과 무기력함엔 당할 재간이 없다. 무거운
몸을 이끌고 공원으로 갔다. 삼삼오오 모여 산책하는
사람들이 보인다. "천천히 갑시다. 어디 목적지가 있
는 거 아니니까." 뒤에서 따라가던 일행 중 한 사람이
말한다. 앞장서 걷던 사람들이 화기애애한 웃음소리
로 답한다. "십 년 이십 년 써도 다 못 쓸 돈이야." 또
다른 일행이 실랑이한다. 십 년 이십 년을 써도 다 못
쓸 돈은 얼마나 될까? 걷다 보니 한결 몸도 마음도 가
벼워진다. 나오길 잘했다. 붕어빵 장수가 보인다. 줄
이 길어 지나쳐 걷는다. 겨울 냄새. 길고 긴 겨울이
시작되었다.

10536.

도서관에 반납할 책을 들고 힘겹게 밖으로 나왔다. 매달 찾아오는 PMS로 하루가 짧다. 월드콘 하나를 사 들고 도서관으로 향한다. 찬바람 맞으면 먹는 아이스크림이 달콤하다. 차가운 아이스크림을 든 손이 시려온다. 겨울에 먹는 아이스크림은 급하지 않다. 녹아 손에 흐르는 일도 더운 바람과 맞나 이슬 맺힐 일 도 없다. 월드콘 하나 270kcal, 도서관까지 왕복 4.8km, 아이스크림을 먹기 충분한 거리다. 오래된 세탁소의 성실함, 걷다가 발견한 세탁소는 대부분 세월의 흔적이 느껴진다. 그 꾸준함이 좋다. 깨끗해져 반듯한 모습으로 찾아가길 기다리는 옷들의 냄새가 좋다. 다 읽지 못한 책을 반납할 때는 발걸음이 무겁다. 다행히 가볍고 흐뭇하게 반납 창구에 책을 내려놓는다. 이 성취감으로 오늘 하루가 마무리될 수 있어 다행스럽다. 혼자 공원을 걷다 보면 들여오는 대화 소리가 재밌다. "그 사람도 아니라고 좀 해주지. 보통 여자 둘이 이 정도는 안 먹죠 하니까 네래" 일행이 웃는다.

17908,

여행자의 시선. 낯설게 바라보기. 걷다 보면 사진을 찍는 외국인을 보는 일이 종종 있다. 내가 매일 지나는 길에 어떤 모습이 매력적이어서 담고 있었을까? 같은 자리로 가서 비슷한 위치에 서서 바라본다. 익숙해져 놓치고 있던 감각, 낯선 시선으로 나도 여행자가 되어본다. 무심코 지나쳤던 곳에 내가 모르던 아름다움이 있다. 그토록 오고 싶었던 서울인데. 익숙해지고 치열한 삶의 터가 되어 퇴색되어 간다. 다른 사람의 일상을 엿보고 다른 사람이 되어본다. 새롭고 낯선 일상은 내 삶을 조금은 풍성하게 만든다.

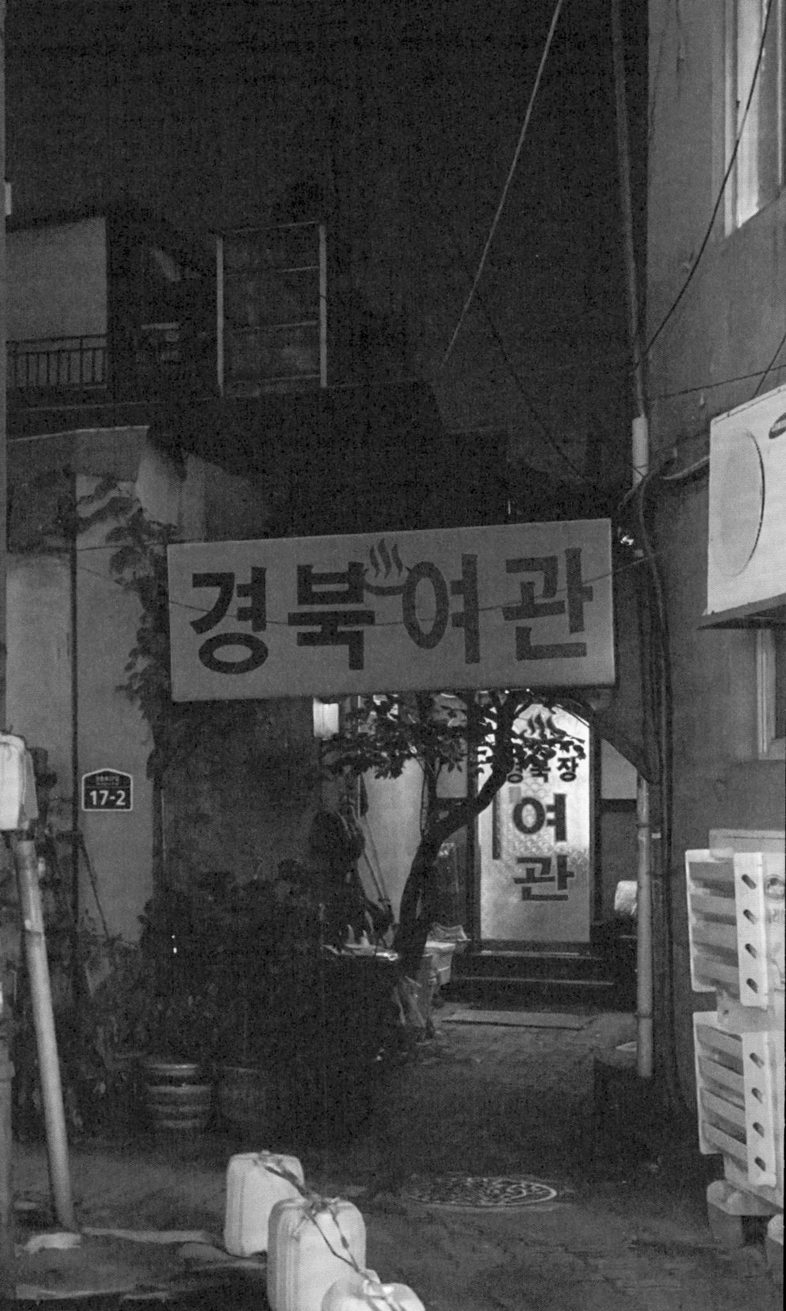

경북여관
17-2
여
관

14650.

노래방에서 부를 곡을 상의하는 사람. 그 곡 알아? 알지. 부르자. 노래방을 가지 않은 지 얼마나 됐더라. 10대 시절 우리의 몇 안 되는 놀이터. 땀을 뻘뻘 흘리며 열정을 다해 좋아하는 오빠들의 노래를 목 놓아 불렀다. 쓸모없는 것에 쏟는 열정으로 치유되는 일상, 지금의 나에게도 그 단순한 열정이 필요하다.

19255.

멀미가 심해서 버스보다 지하철을 선호한다. 땅속의 세상으로 들어가면 그 길 위의 풍경은 미지의 세계다. 모르는 길. 걸으면서 그제야 아는 길이 되어간다. 단풍이 물든 가로수 나무를 올려다보며 걷는다. 노랗게 쌓인 은행잎을 밟고, 갈색으로 물든 플라타너스 잎을 밟으며. 새롭게 마주한 풍경을 사유하고 사색한다. 냄새로 탐색하고, 시각으로 탐색하고, 촉감으로 탐색한다. 감각이 예민해진다.

18681.

모과 냄새가 난다. 무심코 위를 올려다보니 모과가 주렁주렁 열려있다. 어린 시절 아빠 차에 방향제 대신 놓여있던 모과. 차만 타면 멀미하던 나는 모과 향만 맡아도 멀미가 날 것 같았다. 보기만 해도 머리가 아프고 속이 울렁거리게 만드는 모과가 싫었다. 예쁜 노란색의 열매는 그렇게 나에게 미운털이 박혔다. 좁고 뜨거운 차 안을 기름 냄새와 섞여 가득 메우던 모과 냄새. 잊고 있던 그때 그 시절이 생각났다. 구불구불한 시골길을 달리던 아빠 차 안에서 엄마의 다정한 관심에 괜히 더 투정 부리던. 나무에 열려있는 모과는 향긋한 냄새가 났지만, 여전히 좋아지지 않는다. 그래도 푸른 달빛에 섞여 레몬 빛을 띠는 모과가 예뻐 보기 싫지 않다.

12906.

김칫국 / 김칫국 / 계란말이 계란말이 오! 밥밥 초밥 밥밥 / 김칫국 / 김칫국

친구들이랑 비트를 쌓으며 노는 초등학생들. 잘 노는 것이 일이었던 그 무렵을 떠올리며 경쾌한 리듬에 맞춰 내 발걸음도 경쾌해진다.

16976,

외부와 단절할 용기도 없으면서 혼자 모르는 곳으로
떠나고 싶다는 생각을 종종 한다. 고독해지면 그림이
다시 애틋해질까?

10210,

막 올라간 엘리베이터 앞에서 망설인다. 20층, 계단
으로 걸어 올라가 볼까? 힘들면 그때 타지 뭐. 3층까
지 무난하게 올라간다. 그동안 걸은 보람이 있다. 5
층, 마스크를 벗고 싶다. 구부정해지는 자세를 고치
고 다시 올라간다. 어깨를 펴고 엉덩이에 힘을 주고
차근차근 허벅지의 힘으로 한 계단 한 계단 오르다
보니 10층, 이쯤 되면 오기로라도 20층까지 오르고
말겠다는 의지가 생긴다. 역시 시작이 중요하다. 13
층, 15층…. 내려가는 표시에 19층과 올라가는 표시
에 20층을 담은 비상구가 보인다. 드디어! 그렇게 20
층에 도착하고 초인종을 누른다. 오랜만이라는 인사
를 들으며 숨 가쁜 모습으로, 흐뭇하게 안으로 들어
간다. 반기는 사람은 모르는 나만의 사정.

20004.

현재 기온 영하 3도, 하룻밤 사이 10도 이상 기온이 떨어졌다. 걸어갈 것인가 전철을 탈 것인가 망설인다. 걷기로 결심하고 쫄바지와 히트텍을 꺼내 입는다. 그 위에 기모가 들어간 두툼한 맨투맨과 두툼한 바지를 입고 패딩을 껴입고 밖으로 나온다. 역시 전날보다 공기가 차다. 해가 비칠 때의 따사로움에 의지하며 그늘을 최대한 피해 빠른 걸음을 걷는다. 몸이 데워지길 바라며 가끔은 뛰다 걷기를 반복한다. 몸에 열이 올라 견딜만하다. 손이 시린 것은 어쩔 수 없다. 어딘가 있을 장갑을 떠올린다. 찾아서 잘 보이는 곳에 두어야겠다고 생각한다.

15498,

무언가를 배우러 갈 때의 발걸음은 활기차다. 어떤
새로운 것을 알게 될까의 기대감으로 잔뜩 들떠 한
발 한 발 내디딘다. 여느 때보다 힘차게 걸었더니 외
부의 찬바람에도 불구하고 몸이 덥다. 마스크를 잠시
벗고 찬 공기를 크게 들이마신다. 시원하다. 이 상쾌
함이 머리를 맑게 한다.

19698,

텀블러에 커피를 내려 담아 걸으러 나간다. 간밤에 눈이 내렸다고 했는데 햇볕에 녹아 흔적도 없다. 따뜻한 커피를 마실지 차가운 커피를 마실지 고민했는데 차가운 커피로 담아 나오길 잘했다고 생각한다. 더위가 느껴질 무렵 커피를 마신다. 내 지방이 타고 있을까. 어젯밤 먹은 달콤한 바닐라 크림이 들어간 비스킷이 생각난다. 돌담 위에 꼬리를 말고 앉아 일광욕을 즐기는 고양이, 집에서 나를 기다리고 있을 모카도 햇살을 즐기고 있을까?

11251.

걸을 때 횡단보도가 원망스러울 때가 있다. 뛰기는
싫고 기다리려니 나의 박자가 깨지는 것 같아 망설
인다.

21586,

공예 페어를 보러 가기로 했다. 페어를 구경할 때면 다른 사람의 삶을 간접적으로 접하게 된다. 걷고 걸으며 1평에서 2평 정도의 작은 공간에서 그들의 삶을 들여다본다. 서로 다른 모습으로 살아가는 다양한 삶이 있다.

13083.

간밤에 펑펑 내린 눈이 쌓인 길을 걷는다. 집 앞 계단에 쌓인 눈에 내가 만든 첫 발자국. 어렸을 때 울산에선 눈 오는 날이 드물어 쌓인 눈이 마냥 신기하고 좋았다. 신발 끝이 젖어온다. 발이 시리고 길은 미끄럽다. 걷기 싫은 날씨다.

13637.

며칠 이사할 집을 알아보러 부동산을 찾았다. 오늘도 방을 보러 가기로 했다. 마포구에 10년을 살았다. 이곳을 떠나보기로 마음먹었다. 도심에서 조금 벗어나면 월세는 줄어들고 방 크기는 커진다. 20대 홍대 앞의 막연한 동경으로 강남까지 왕복 2시간 출퇴근 길을 감수하고 합정역 근처에 방을 구했다. 왜 그렇게까지 하면서 홍대 주변에 사냐고 물어보면 특별한 이유는 없다. 그냥 이곳이 좋았다. 늦은 시간까지 홍대 앞에서 놀다 걸어서 집에 갈 수 있다는 것이 행복했던 시절이 있다. 코로나 이후 많은 것이 달라졌다. 예전에 동생이 살아 자주 갔던 은평구, 커피 한 잔 들고 불광천을 산책하는 모습을 상상해 본다. 새 보금자리는 이 동네도 좋을 것 같다. 바람이 따가워서 부동산까지의 길이 멀게 느껴진다. 역과 떨어져 월세가 비교적 낮은 곳에 있는 집을 보러 갔다. 근처에 다닐만한 수영장이 있는지 확인한다. 걸어서 10분 거리에 수영장이 있다. 부담을 줄이고 걷는 쪽을 선택하자. 걷는 건 자신 있으니까.

11405,

친구를 졸라 가보고 싶었던 카페를 찾아갔다. 역과
꽤 떨어진 곳에 있어 골목골목을 걷고 또 걸어 도착
했다. 아뿔싸. 겨울방학이라고 적힌 종이가 우리를
맞이했다. 후암동 산책으로 목표를 바꿨다. 다행히
추위가 조금 물러가고 있어 걷는 게 싫지 않다. 낮은
건물 사이로 남산타워가 보인다. 몸을 녹이기 위해
찾아간 카페 창으로 남산타워가 보인다. 뷰 맛집이
다. 친구는 말한다. 후암동에 살고 싶다고. 나도 생각
한다. 후암동에 살고 싶다고.

10632,

입춘, 추위가 조금 꺾인 것 같다. 꽁꽁 언 날씨로 걸음 수가 많이 줄었다. 한파에 나의 체력도 얼어버렸다. 다시 걸으러 나가야겠다고 생각한다. 오랜만에 다리가 아프다.

10293.

찌뿌둥한 몸을 이끌고 이틀 만에 집 밖으로 나왔다.
차가움과 시원함 그 어딘가쯤의 바람이 분다. 계절이
변할 때의 어중간함에 핑계 대며 한없이 게을러진다.
도시와 시골, 자연과 공업, 나는 그 중턱쯤 되는 곳에
서 자랐다. 그래서일까. 뭐든 다 애매한 경계에 있다.
자신의 어중간함이 싫다. 고향이 어딘지 물어보는 서
울 사람들이 말하는 시골집. 시골이 아니라고 발끈
하면서도 그러면 도시였던가 싶어 말을 아낀다. 바
다 위의 공장을 보고 자랐다. 사생 대회에서 그린 그
림엔 항상 바다와 기중기, 크레인이 공존하는 풍경을
그렸다. 자연과 기계들이 엉켜있는 곳. 번화한 곳에
서 살고 싶어 서울로 왔다. 10년을 넘게 살아도 여전
히 이방인이다.

11271.

공원을 걷다 들려오는 플루트 소리, 능숙한 연주는 아니었지만, 플루트 소리가 다리 밑에서 예쁘게 울렸다. 자동차 엔진 소리, 물 흐르는 소리, 말소리, 자전거 페달 소리, 소리들과 함께 멍하니 길을 따라 걷는다. 생각을 비우고 싶어 걷는데 생각이 꼬리를 물고 나를 따라온다. 생리가 시작돼 가지 못한 수영이 아쉬워 걷기로 대신한다. 옷이 무겁다. 다리도 무겁다. 하늘에 비행기 길이 생겼다. 습도가 높은 날 더 오래 남아있다는데 오늘은 습도가 높은가 보다. 습도 높은 날의 시림이 싫다. 배가 고픈데 먹고 싶은 게 떠오르질 않는다. 주머니 속에 있던 카카오 92% 초콜릿을 입에 넣었다. 오늘따라 참 쓰다. 추운 날엔 핫초코가 생각난다. 모르는 골목, 아이스크림 할인점이 보여 들어간다. 초코 붕어싸만코가 그렇게 맛있는데. 옆에서 들려오는 소리에 이끌려 집어 들었다. 초코아이스크림을 한입 베어 물고 다시 걷는다. 바삭한 과자 속에 들어있는 초코아이스크림이 달콤하다. 아이스크림을 에너지원으로 소비하기 위해 다시 열심히 걷는다. 모르는 길을 돌고 돌다 보니 반가운 시장이 보인다. 시장 빵집의 햄버거, 떡집의 찹쌀떡, 닭강정, 갑자기 먹

고 싶은 것이 늘어 곤란하다. 찹쌀떡 두 개, 햄버거 하나를 사 들고 집으로 돌아간다. 어느새 빨리 집에 가서 햄버거 먹는 것이 가장 중요한 일이 된다.

10695.

아이와 함께 돌아다니면 거리의 기준이 달라진다. 성인에게 걸어가기 좋은 거리가 아이에겐 꽤 멀다. 이틀을 친구 아이와 같이 다니다 보니 걸음 수가 줄었다. 배웅하고 돌아오는 길은 걷기로 마음먹고 버스정류장에서 발길을 돌렸다. 벚꽃이 피어 흩날리기 시작했는데 밤이 되니 찬 바람이 분다. 해마다 피고 지는 벚꽃은 늘 반갑고 예쁘다. 손이 시리다. 낮에 덥던 옷이 저녁엔 춥다. 환절기, 이 어수선함은 변화의 시작을 알려 좋다가도 변덕스럽고 어중간한 나를 닮아 싫다. 눈이 녹으면 봄이라는 낭만보다 갑자기 찾아오는 꽃샘추위의 배신감이 더 크고 두렵다. 그래도 봄은 오고, 이어 내가 사랑하는 여름이 온다.

28233.

물비린내가 난다. 아직은 저녁 바람이 선선하다. 아스팔트에서 미처 식지 못한 뜨거운 열기가 올라온다. 아이스크림을 사 먹을까 망설인다. 초코파이도 먹고 싶은데, 편의점 앞에서 잠시 망설인다. 이곳을 지나면 한참은 편의점이 없다. 결국 들어간다. 바나나와 초코파이를 손에 들고 다시 걷는다. 초코파이에 든 마시멜로를 먹으면 지구 두 바퀴를 돌아야 빠진다는 괴담이 떠올랐다. 두 개를 먹었으니 지구 네 바퀴를 돌아야 한다. 부지런히 걷는다.

24050,

전단지를 건네는 사람, 바쁜 길을 재촉하며 아무도
받으려 하지 않는다. 한가한 내가 손을 내민다. 참 촌
스럽다. 이걸 보고 찾아가는 사람 있을까. 나는 아날
로그를 사랑하고, 이 종이로 된 광고지의 효력을 의
심한다. 늦은 시간 집에 들어와 느지막이 하루를 시
작하면 이 걸음 수가 어제의 걸음 수일까 오늘의 걸
음 수일까? 내 몸은 어제로 기억할까? 아이스 아메리
카노가 마시고 싶은 날씨다. 낯선 길을 걷고 있다. 한
국에 카페가 그렇게 많다는데 보이질 않는다. 치킨
집에서 올림픽 응원하는 사람들의 함성이 들려온다.
아, 맞다. 올림픽 중이구나. 좋아하는 예능 결방, 조
급한 나에겐 그 정도밖에 안 되는 이벤트다. 열심히
훈련하고 준비한 선수들에게 미안하지만 나도 열심
히 내 삶을 살아내느라 바빠서 올림픽에 신경 쓸 여
유가 없다. 낯익은 길인데? 얼마 전 자전거 타고 가
다 넘어진 길이다. 도로와 맞닿아 있고 한쪽은 담벼
락으로 된 폭이 좁은 길, 가로등이 줄지어 있어 듬성
듬성 더 좁아진다. 분명 폭이 일정한데 다가오는 가
로등 기둥이 갑자기 굵어진다. 부딪칠 것 같은 공포
가 핸들을 꺾게 했고, 피할 일 없는 가로등을 피하려

고 벽에 부딪힌다. 내 몸은 자전거와 함께 도로에 떨어졌다. 만약 도로에 차가 달리고 있었다면…. 생각만 해도 아찔하다. 무릎에 멍이 든 걸로 끝나 천만다행이라고 안도했지만 몰려오는 서러움은 어쩔 수 없다. 갑자기 기둥이 굵어질 일도 없는데 내 불안은 갑자기 굵어져 나를 아프게 한다.

8797.

에어컨에 익숙해진 몸을 이끌고 밖으로 나오니 수영을 할 수 있을 것만 같다. 몸에 닿는 미지근한 물. 얼굴이 붉어진다. 위스키 푸딩을 먹고 달아오른 걸로 해두자. 함께 걷기를 거절당하는 계절이지만 나는 여름을 사랑하니까. 뜨겁지만 반짝이는 찰나가 아름다워 더위를 잊는다. 아니, 잊은척한다.

9027.

풀 냄새 맡으며 밤길을 걷는다. 지긋지긋한 여름이 끝나는 것이 아쉬운 바람이 분다. 나에게 칼이 보인다고 했다. 모가 잔뜩 난 나를 들킨 것 같아 애써 태연한 척 아, 그래요? 하고 웃어 보였다. 무엇이 그렇게 날이 서게 했을까? 입에서 나가는 칼. 칼이 가진 힘에 대해 배운다. 같은 상황도 내가 세운 날의 방향에 따라 기분이 달라진다. 긍정과 부정의 감정은 매우 근접해 있어 방심하는 쪽을 파고든다. 칼을 내려놓자. 뱉어버린 칼날에 내 입안도 스치는 사람도 상처 입지 않게. 나를 둘러싼 칼이 나를 지키기 위한 고립이 되지 않게. 용한 사주 집이 있는데. 근데? 하고 지나쳤을 그 말이 거기가 어디야? 로 바뀌어 지푸라기를 잡으러 갔다. 나는 네가 이만큼 살아낸 것만으로 용하다고 생각한다. 앞으로 잘 될 일만 남았다. 이 말에 안심해 울어버렸다. 다독임이 필요했구나. 생각에 꼬리를 물 때면 나가 걸으라고 했다. 나에겐 많은 환기가 필요하다고, 창을 활짝 열고 밖의 공기를 맡으라고. 그래서 걷고 있다. 멈춘 공기 말고 흐르는 공기를 마시려고. 空気は読む物じゃなく、吸う物。나기*의 말처럼 공기는 읽는 것이 아니라 마시는 것이니.

내가 왕이 될 상인가? 이미 나는 왕이라 어디 한번 해 보라고 소극적으로 앉아 있다고, 행동하는 여왕이 되어보자.

*일본 드라마 [나기의 휴식] 에서, 일본에선 분위기 파악하라는 말을 공기(空気)를 읽으라고 표현한다.

8279.

건강 검진을 위해 전날 8시 이후부터, 정확히는 5시
좀 넘어 먹은 김밥 이후부터 아무것도 먹지 못했다.
아침에 일어날 수 있을까 걱정했는데, 무사히 10시
30분에 건강 검진을 받고 나왔다. 의사는 혈압이 낮
은 편이라 너무 싱겁게 먹지 말라고 조언했다. 저염
이 대세인데 내 몸은 대세에 따르지 못한다. 집에 잔
뜩 사둔 미네랄 함량이 풍부한 소금들이 떠올랐다.
말돈 소금, 히말라야 핑크 소금, 게랑드 소금, 혼자
살면서 언제 다 먹으려고 소금에 이렇게 욕심을 냈나
했는데 몸에 필요한 것들이다. 조언과 다르게 달콤한
것이 먹고 싶다. 근처 프렌치토스트가 맛있는 집이
떠올랐다. 걸어서 16분, 적당한 거리다. 횡단보도가
나를 시험한다. 뛰면 건널 수 있을 것 같은데, 그냥
걸어 다음 신호를 기다린다. 천천히 느긋하게 가도
되는데 반짝이는 초록불이 나를 조바심 나게 한다.
다음 신호가 어김없이 바뀌는데 말이다. 여름휴가 토
스트, 프렌치토스트 위에 제철 과일, 젤라토, 망고 소
스, 바닐라 크림, 크렘 브릴레. 망고 소스에서 망설이
다 빼고 줄 수 있는지 물었다. 빼고 줄 순 있는데 맛
이 덜할 수 있다고 설명한다. 망고와는 참 친해지기

어렵다. 맛의 조화를 위해 고민했을 만든 이의 노고에 죄송한 마음이 든다. 이름만큼 귀여운 토스트가 테이블 위에 있다. 계절이 흐려져도 여전히 제철 과일은 맛있다. 설탕을 토치로 태우면 사악하게 달콤하다. 올렸을 때 맛이 없을 수 없다. 이건 반칙이지. 옆에서 이게 신의 한 수내라는 소리가 들려온다. 신의 한 수, 화룡점정, 누가 나에게도 비장의 무기 좀 내어주세요. 다크 원두로 만든 라테와 잘 어울리는 맛, 단맛이 퍼져 나른해지기 전에 걸으러 나간다. 제법 가을다운 바람이 분다. 오랜만에 낯선 길을 걷고 있으니 불안과 설렘으로 마음이 간질간질하다. 공활한 하늘에 구름이 가득하다. 비는 오지 않는다. 눈앞에 또 초록불이 반짝인다. 5, 4, 3, 2, 1.

7954,

제법 가을 같아졌다는 말이 무색하게 낮은 여전히 뜨겁다. 카페로 가는 길까지 목을 축여줄 커피를 살까 망설인다. 뭔가 이상해 참기로 한다. 시원한 아메리카노를 벌컥벌컥 마시는 상상을 한다. 맛은 중요하지 않은 갈증을 해소해 줄. 목이 마를 때 맛있는 커피를 그렇게 마셔버리는 것이 아깝다. 횡단보도 앞에서 신호가 바뀌기를 기다리다 들려오는 소리. 어디가 그림자 지는 방향이지? 어느 쪽에 그림자가 지는지 이 계절을 걷기 위해선 중대한 사항이다. 낙엽이 쌓일 무렵엔 어느 방향이 해가 비치는 방향이지? 하고 묻겠지? 시를 소리로 듣고 나왔다. 해 지는 풍경이 좋아서 서쪽 바다가 좋다는 시인의 말이 낭만적이다. 동쪽 바다 근처에서 자라 해가 뜨는 순간만 기념하며 살았다. 새해 첫날에 뜨는 해를 맞이하려고 모인 인파 속에서 새것만, 새로운 날만 기대하며 현재를 아쉬워했다. 엄마의 목소리가 들린다. "매일 뜨는 해, 볼 거 한 개도 없다."

13000,

핑크빛 구름을 올려다보며 셔터를 누른다. 공해가 심할수록 핑크색이 예쁘다는 말은 진짜일까? 익숙한 길, 앞만 보고 걷던 길, 혼자 걷는 시간, 핑크빛 하늘을 봐서 자꾸 하늘을 쳐다보며 걷는다. 저런 건물이 있었나? 사선으로 만들어진, 서쪽 하늘이 보일 것 같은 창. 저기 사는 사람들은 해 지는 풍경이 아름다운 하늘을 바라볼까? 플라타너스 잎을 바라볼까? 여름이 지나고 떨어질 잎을 아쉬워할까? 귀찮아할까? 이 길에 소복이 쌓일 잎을 떠올리며 다시 발길을 재촉한다. 여름이 끝나고 있는 길에서 여름을 느끼며 걷다 보니 새삼 여름의 녹빛이 아름답다.

감정에 솔직하게 반응하는 것만으로 많은 치유가 된다. 불안할 땐 불안을 느끼고, 슬플 땐 슬픔을 느끼는 것이 자연스러운데 감정을 누르다 힘들어한다. 감정을 들여다보기 위해 걷는 시간이 좋다.

네잎클로버를 찾는 귀여운 사람들과 함께 보낸 오늘은 꽤 기분 좋은 밤이다. 아침에 우산을 지하철에 두고 내렸는데 집에 올 때 비가 그쳤고, 엄마가 떠준 뜨게 가방이 너무 예쁘다. 내가 나에게 모질게 굴까, 잠시 숨 쉴 수 있는 말을 들었다. 그리고 우리 모카가 너무 귀엽다.

즐거움을 느낄 수 있는 사소한 것이 일상엔 생각보다 많다. 걸으며 기록하는 시간은 감정을 솔직히 꺼내 놓을 수 있는 작은 계기가 된다. 쏟아내고 덜어낸 자리에 즐거움을 채우며 일상을 지탱해 간다.

작가의 말

걷기를 통해 나를 알아가는 여정을 담은 책입니다. 걸음 수와 함께 만나는 풍경과 감정을 기록하며, 여러분과 함께 걷는 기분을 나누고 싶습니다. 책의 각 장은 하루 동안 걸은 걸음 수로 시작하며, 걷는 동안 만나는 풍경과 느끼는 감정을 기록합니다.

꾸준히 글을 쓰기 위해 관심 있는 것을 통해 규칙을 만들어 보자고 생각했습니다. 약속 시간보다 1~2시간 일찍 나와 걸어서 약속 장소로 갈 정도로 걷는 것을 좋아합니다. 바르지 못한 자세로 오래 앉아 일을 하면서 나빠진 건강을 위해 걷기 시작했는데 어느새 그 시간이 좋아졌습니다. 하루에 적게는 일만 보에서, 많게는 이만 보 정도를 꾸준히 걷다 보니 몸도 마음도 한결 가벼워지는 것을 느낍니다. 때로는 긍정적이고 때로는 부정적인 감정이지만 걸으면서 느낄 수 있는 감각들로 나를 알아갑니다. 걷는 시간은 나와 마주할 수 있는 소중한 여정입니다. 나를 힘들게 하는 것이 무엇인지 알기 위해 내 감정을 들여다보는 것부터 시작합니다. 꼬리에 꼬리를 물던 조급한 마음은 걷는 데 집중하다 보면 잊힙니다. 제 이야기를 통해 여러분도 걷고 싶어졌길 바랍니다.

사진을 연속적으로 담은 건 저와 같이 걷는 기분을 느꼈으면 하는 작은 바람입니다.

걸음 수

초판 1쇄 2024년 10월 10일

지은이   김소현
그림   김소현

편집   김소현
디자인   김소현

펴낸곳   별별책
E-mail   byulbyulgreem@gmail.com
Instagram   @byuljoy

ISBN   979-11-980089-0-9 (03810)